Четыре маленькие мышки

Четыре маленькие мышки

Бернд Плюмхоф

Die Deutsche Bibliothek - CIP-Einheitsaufnahme

Plumhoff, Bernd:
Četyre malen'kie myčki /
Bernd Pljumchof.
[Ill. und Übers. von Leila Wolstein]. -
Kleinmachnow: Plumhoff, 2001
  Einheitssacht.: Die vier kleinen Mäuse <russ.>
  ISBN 3-934665-02-0

© 2001 Bernd Plumhoff, Kleinmachnow
Illustrationen und Übersetzung von Leila Wolstein, Wolgast
Druck und Bindung: Libri Book on Demand
Printed in Germany

Для Маргарете, Берит, Марилена и Беренике

Оглавление

Список иллюстраций

Предисловие к первому изданию

За исключением последнего, все остальные рассказы понятны детям с 4-летнего возраста.

Правила шахматной игры во второй сказке объяснены лишь частично. Интересующимся рекомендуем книгу »Шаг за шагом«, Н. И. Журавлев.

Если Вы желаете принять участие в продолжении этих басен, посылайте, пожалуйста, Ваши поучительные мышиные истории на rtf-file: BPlumhoff@t-online.de. Вы будете охотно названы автором, сохраните при этом все права на Ваши истории.

Клеинмахнов, декабрь 2000   Бернд Плюмхоф

Четыре маленькие мышки

Жили-были однажды четыре маленьких мышонка. Их звали Матти, Бенни, Ленни и Никки. Они проживали на опушке маленького леса. Их мышиная норка находилась прямо под деревом. Там было зимой очень тепло, а летом довольно прохладно.

Разумеется, были у них и родители. Мама заботилась об уюте в норке. Она следила также за тем, чтобы маленькие мышки вовремя возвращались домой.

Папа собирал семена и травы и заботился о том, чтобы в семье всегда было достаточно еды.

Никки и кошка

Никки была младшей из всех мышек. Поэтому она была самой маленькой в семье. Часто шмыгала она радостно и с любопытством по полю. Никки всегда и везде искала интересные приключения.

Мышь-мама знала об этом и поэтому предупреждала Никки: »Никогда не переходи через ручей за полем. За ручьём опасные вещи и звери, которых ты ещё не знаешь.«

Однажды Никки снова была в поле. Её мышки-сёстры играли в лесу, но Никки не хотела оставаться с ними. Она радовалась множеству красных маков. Она танцевала вокруг них и тыкала носиком в стебель, так что цветок раскачивался в разные стороны и танцевал вместе с ней.

Натанцевавшись, она побежала дальше в поле. На одной кочке она обнаружила большого кузнечика. За ним можно хорошо поохотиться! Никки подкралась к нему поближе. Кузнечик ещё не заметил Никки и усердно стрекотал. Неожиданно, одним большим прыжком, устремилась Никки к кузнечику.

Она приземлилась точно там, где сидел перед тем кузнечик. Но кузнечика там уже не было, он быстро ускакал дальше. Никки видела его и погналась за ним. Кузнечик, однако, успевал всегда вовремя прыгнуть в сторону или назад. Никки его не поймала.

Никки была так занята этой охотой на кузнечика, что не заметила, как постепенно приблизилась к краю поля. Снова и снова прыгала Никки за кузнечиком. Кузнечик же успевал каждый раз вовремя увернуться. В конце концов кузнечик перепрыгнул через маленький ручей.

Никки задумалась. Как бы ей через этот ручей перебраться? Предупреждения Мамы-мыши она уже давно забыла. На расстоянии нескольких метров увидела она лежащую поперёк ручья толстую ветку. Никки устремилась туда и по ветке перебралась на другую сторону ручья.

Вдруг неподалёку от неё выпрыгнул из кустов большой зверь. Никки остолбенела от страха. Зверь, однако, не заметил Никки, он видел только лишь кузнечика. Он поймал его и, держа его в зубах, довольный улёгся со своей добычей на мягкой траве у ручья.

Никки не шевелилась. Большой зверь съел кузнечика. У него были большие острые зубы, острые когти, блестящая гладкая шерсть и длинный хвост. Сожрав кузнечика, зверь потянулся и исчез в кустах.

Никки предусмотрительно выждала ещё некоторое время. Потом проскользнула по толстой ветке через ручей назад к полю и побежала быстро, как только могла, в свою мышиную норку.

Остальные члены мышиной семьи уже ждали её к ужину. Запыхавшись, принялась Никки за зёрна. Мама-мышь спросила: »Ну, Никки, было тебе весело в поле?«

Никки ответила: »Да.« Потом спросила маму: »Что это за зверь, у которого острые зубы, острые когти, блестящая шерсть и длинный хвост?«

Мама-мышь ответила: »Это опасная кошка из крестьянской усадьбы. Её ты должна очень остерегаться. Она ловчее и много сильнее нас. И она пожирает маленьких мышек, как ты.«

Теперь Никки знала, что ей очень повезло в её первом приключении на краю поля. Она решила, что в будущем должна быть очень предусмотрительной и всегда слушаться маму.

Матти и медведь

Однажды, когда наступила зима, бегала Матти утром в лесу. Она шныряла кругом между деревьями и обнаружила одну большую пещеру.

В пещере лежал медведь; он приготовился, собственно говоря, к зимней спячке. Однако не мог заснуть и клевал носом. Когда он увидел Матти, спросил её: »Ну, и кто же ты?«

Матти ответила: »Я Матти и уже большая мышка.«

Медведь прорычал с сомнением: »Есть у тебя что-нибудь интересное для меня? Мне скучно здесь до смерти, потому что никак не могу заснуть. Если бы ты мне что-нибудь интересное показала, то я бы тебя щедро наградил.«

Матти показала Медведю, как играют в шахматы.

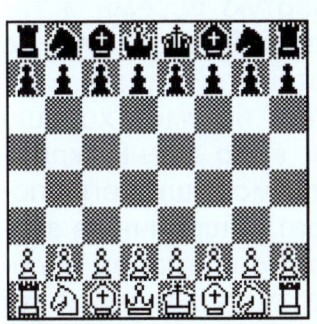

У одного игрока белые камешки, а у другого чёрные. На шахматной доске 64 клетки, по 8 клеток вдоль и поперёк, поочерёдно белые и чёрные. Внизу, справа, всегда белая клетка. У каждого игрока 16 камней: 1 король, 1 королева, 2 башни, 2 слона, 2 коня и 8 пешек. Основное положение здесь изображено. Белая королева всегда стоит на белой клетке, чёрная королева – всегда на чёрной (»Дама предпочитает свой цвет«). Король делает по диагонали, вертикали и горизонтали всегда только один шаг, королева передвигается во всех этих направлениях на столько клеток, сколько пожелает, однако, только до другого камня (исключение: когда она выбивает противника из игры), ... Побеждает игрок, который угрожает (ставит шах) другому королю, и если угрожаемому королю нет больше восможности защититься, никакую фигуру поставить между собой и противником и угрожающего нельзя уничтожить (мат королю).

Матти и медведь соорудили шахматы и сыграли одну партию. Медведь был восхищён. Он спросил Матти, что она хочет получить в награду. Матти видела большой запас провианта, который медведь собрал в свою берлогу.

Она сказала: »Если я не слишком много запрашиваю, то мне хотелось бы столько пшеничных зёрен, сколько можно разложить на шахматной доске в следующем порядке: на первую клетку надо положить одно зёрнышко, на вторую два зерна, на третью четыре зерна, на четвёртую восемь и так далее – на каждую клетку вдвое больше, чем на предыдущую, до шестьдесят четвёртой клетки.«

Тут подумал медведь, который не умел хорошо считать и не обдумывал долго: »Это очень скромная просьба. Так много зёрен ты можешь легко получить.« И он начал раскладывать пшеничные зёрна на шахматную доску: на первую клетку он положил одно зерно, на вторую клетку два зерна и так далее.

Как ты думаешь, сколько зёрен должен положить медведь на десятую клетку?

Когда же медведь хотел шестнадцатую клетку заполнить, его запас зёрен был исчерпан. Он понял теперь, что желание Матти совсем не было таким скромным, и выглядел он очень печальным.

Однако Матти, улыбаясь, сказала: »Видишь, так много пшеничных зёрен, сколько требуется, нет на всей земле. И возможных разнообразных шахматных ходов в шахматной игре ещё больше. Это посещение было для меня огромным удовольствием. Мы можем зимой ещё часто играть в шахматы.«

Когда Матти собралась идти домой, медведь смеялся и дал ей большой мешок с зёрнами, так как он очень интересно побеседовал и к тому же ещё многому научился. В будущем он хотел хорошенько обдумать все правила игры, прежде чем отдать уйму сокровищ.

Ответ на вопрос в тексте: 512 зёрен.

Бенни и хомяк

Когда наступила весна, потянуло четырёх маленьких мышек Матти, Бенни, Ленни и Никки из их уютной мышиной норки на природу. Они резвились в лесу и на поле.

Однажды Бенни побежала бодро в поле. Стебли посевов щекотали её шёрстку, и она радостно попискивала. Тут встретилась она с полевым хомяком. Он стоял посреди дороги перед Бенни. Бенни улыбнулась, сказала: »Доброе утро!« и хотела мимо хомяка бежать дальше в поле.

Молодой хомяк был, однако, дерзок. Он не ответил на приветствие и снова встал перед Бенни. Бенни попыталась обойти его с другой стороны, но хомяк преградил ей путь снова. Тогда хотела Бенни быстро перепрыгнуть через хомяка, но тот тоже подпрыгнул, толкнул Бенни, и она упала. Он был, к сожалению, немного сильнее её.

Тогда Бенни стало обидно, и она вернулась назад.

На следующий день она снова смеялась и побежала довольная в поле. Она танцевала радостно между молодыми стеблями пшеницы, пока перед ней снова не появился хомяк. И на этот раз вставал он всякий раз на пути, не пропуская её, и швырнул на землю так, что Бенни стало немного больно.

Бенни побежала печальная домой и немного поплакала.

Потом, на другой день, не решалась Бенни больше так свободно бегать в поле. Она впала в уныние. Её старшая сестра Матти заметила это и спросила её, почему она печальная. Тут Бенни Матти рассказала о наглом хомяке. Матти терпеливо её выслушала. В заключение она сказала, что Бенни лучше всего самой себя защищать. Матти сказала: »Пойдём, я покажу тебе, как можно хорошо самой себя оборонять.«

Матти и Бенни направились к свободному месту перед мышиной норкой, и Матти показала Бенни первые основные правила спортивной обороны дзюдо. Сначала Бенни выучила, как можно разворачиваться во время падения и обхлопывать себя лапками, чтобы боль прошла. Когда она это хорошо усвоила, Матти показала Бенни некоторые приёмы броска. Матти знала их уже довольно хорошо, так как у неё был жёлтый мышиный дзюдо-пояс. В мышином дзюдо можно было сдать норму на разряд и носить цветной пояс этого разряда. Начинающие носили белый пояс.

Когда Бенни усвоила все приёмы почти так же хорошо, как Матти, и несколько раз повалила её на землю, Матти сказала: »Вот теперь ты сможешь лучше защищать себя от хомяка.«

На следующий день Бенни смело побежала в поле и играла там между колосьями. Они снова щекотали её шёрстку, когда она шмыгала мимо них.

Вдруг снова на её пути встал нахальный хомяк. Бенни хотела прошмыгнуть мимо, но хомяк снова толкнул её, и она упала боком на землю. Однако она не растерялась, ловко вывернулась и обхлопала себя ладошками. Хомяк подскочил к Бенни и хотел её толкнуть.

Бенни сделала пол-шага в сторону, подставила хомяку ножку и бросила его с размаху на землю. Хомяк раз перевернулся и закричал рассерженно.

Тут он разбежался, чтобы толкнуть Бенни. Приблизившись к ней, подпрыгнул. Бенни схватила переднюю левую лапу хомяка, быстро развернулась, пригнувшись, и хомяк полетел высокой дугой по воздуху.

Приземлившись, он перевернулся ещё два раза и остался лежать, тяжело дыша.

Бенни выжидала, но молодому хомяку было уже довольно. Он поднялся медленно на лапы и покосился на неё удивлённо. Он спросил: »Где ты научилась так хорошо бороться?«

Бенни ответила: »Моя сестра Матти научила меня.« Хомяк попросил после этого Бенни: »Можешь ты и мне это показать?«

Бенни сказала: »Это не приём нападения, а способ самообороны.« Молодой хомяк проворчал что-то, но был, впрочем, доволен. И Бенни показала ему, как правильно надо изворачиваться и использовать инерцию нападающего.

После того, как он это освоил, хомяк был счастлив и рассказал Бенни: »Вот, может быть, есть у меня шанс, если ласка на меня нападёт.«

Бенни и молодой хомяк подружились. Хомяка звали Гольди, потому что его шерсть была золотисто-коричневой. Бенни усвоила для себя, что нельзя сдаваться победителю. Надо всегда пытаться себя защитить.

Гольди тоже получил урок: если нападаешь без основания, то можешь однажды натолкнуться на отпор.

Ленни тонула

Летом вся мышиная семья вышла на прогулку. Мышь-папа, мышь-мама, Матти, Бенни, Ленни и Никки – все были вместе.

На завтрак ели они в изобилии овсяные зёрна и пили воду из лужицы. Ну, а мышки-дети были особенно предприимчивы и проявляли любопытство ко всему новому.

Было ещё раннее утро. Они шагали вдоль опушки леса навстречу солнцу. Мышь-папа объяснил мышкам-детям стороны света: »На востоке солнце встаёт – на западе заходит. Вы можете это легко запомнить: утром радуемся мы восходу солнца и говорим 'Вот!' – как восток. Вечером сожалеем, что прекрасный день уже прошёл, и мы говорим 'Завтра...' – как запад. На севере вы видите из нашей мышиной норки поле, а на юге – лес.«

После того, как они довольно долго походили, пришли они к сочному лугу. На краю луга, возле леса стоял маленький на деревянных столбиках домик людей. Для мышей выглядел он, разумеется, огромным.

Мышь-папа объяснил мышкам: »Этот деревянный домик на столбах люди называют охотничьим укрытием. Туда иногда влезают они бесшумно, долго сидят, замерев, и выжидают дичь, которую они хотят своими ружьями подстрелить. Мы же для них, слишком малы. В нас они не стреляют.«

Мышки-детки посмотрели удивлённо на охотничью засаду, однако она была пустой. Немного позднее мышиная семья достигла цель своего путешествия – ручей. Ручей тихо журчал. Журчание исходило от воды, которая тут и там переплёскивалась через камни. Мышиная семья сделала на берегу ручья привал. Мышь-мама сказала: »Матти, Бенни, Ленни и Никки, вы можете теперь немного поиграть у ручья. Будьте, однако, осторожны, не убегайте далеко и, прежде всего, не упадите в ручей. Течение быстрое, и вы можете утонуть.«

Мышки-детки тотчас же убежали. В нескольких метрах они обнаружили в воде нескольких рыбок, которые хватали мелких насекомых с поверхности воды. Ещё немного дальше лежали несколько камней в ручье, которые торчали из воды.

»Давайте прыгать по камням!« – крикнула Матти сёстрам. »Оп-ля!« – ответили те и уже прыгали на ближайшие большие камни, лежащие в воде.

Встревоженный детским шумом, мышь-папа поднялся посмотреть, что происходит. Мышки-дети отважились прыгать дальше от берега. Матти сидела уже на маленьком камне, которого время от времени заплёскивала вода. Ленни пищала радостно на большом камне рядом.

»Я выиграла,« – кричала Матти, »потому что я сижу на самом маленьком камне. Никто из вас не осмелится прыгнуть на ещё меньший камень в ручье!«

Тут увидела Ленни ещё меньший камень позади Матти. Она не стала долго думать и прыгнула туда. Маленький камень был, однако, очень скользкий. И в тот момент, как Ленни опустилась на камень, его заплеснуло водой. Ленни подскользнулась и упала в ручей.

Папа-мышь подоспел вовремя. Ленни уже окунулась с головой, только её хвост был ещё виден. Одним огромным прыжком достиг папа-мышь маленький камень и вытащил Ленни за хвост из воды.

Долго фыркала и кашляла Ленни на лугу. Ей очень повезло, что папа так быстро её вытащил. Ленни обещала быть в будущем осторожней и прислушиваться к предупреждениям родителей.

После такого большого испуга мышиная семья с аппетитом пообедала на пикнике. Тем временем перевалило уже за полдень, и мышиная семья направилась назад к норке. Снова бежали они навстречу солнцу, которое медленно клонилось к закату. Вечером мышки-дети быстро заснули. Они прожили прекрасный и увлекательный день.

Матти и ёж

Осенью дни становились всё короче. Листья на деревьях желтели, краснели и опадали. Становилось прохладно. Многие звери готовились к зимней спячке. Некоторые из них запасали съестное на суровую зиму. Так, например, белки искали орехи и закапывали их в землю, чтобы зимой всегда иметь корм. Хомяки тоже искали зёрна, чтобы разместить их в кладовых. Так могут они пережить зиму.

Однако, есть звери, которые не собирают запасы в кладовых и не закапывают их в землю. Многие звери пожирают перед зимой больше пищи, чем обычно, так они набирают жир на зиму. Тогда спят они зимой почти без приёма пищи, худеют всё больше до такой степени, что весной выползают из нор в поисках пропитания, истощённые и проголодавшиеся.

К таким зверям относится также и ёж, которого Матти увидела однажды утром пробегающим мимо. Ёж был ещё недостаточно жирным и поэтому искал постоянно пищу.

»Доброе утро, торопыга ёж!«, – поприветствовала его Матти. »Куда держишь путь?«

»Я ищу корм для моего зимнего жирового слоя. Можешь ты мне показать, где бы я мог найти хороших жирных улиток, орехи, или овощи?«

»Да, я пойду с тобой и покажу тебе несколько таких мест.«

Матти бежала впереди, а ёж за ней. Матти знала окрестности уже довольно хорошо, но ёж был здесь новичок. Они прошли через лес к ручью. На откосе берега буйно росла трава, а в траве ползало множество улиток.

»Большое спасибо, что ты показала мне это место«, – поблагодарил учтивый ёжик.

»Теперь ты сможешь хорошо приготовиться к зиме. Будь, однако, осторожен. Мой папа видел вчера недалеко отсюда лису.« – предостерегла Матти ежа и направилась назад домой.

Когда она добежала до развилки, она услышала слева впереди шорох и спряталась в кустах. Тут показалась лиса! Матти замерла. Лиса рысила точно в сторону ручья. Матти последовала за ней осторожно, чтобы ещё раз предупредить ежа.

Однако было уже поздно. Лиса бежала впереди её к ручью. Ёж чавкал с наслаждением, наклонившись над улиткой. Лиса прыгнула к нему. Мгновенно ёж свернулся в клубок. Со всех сторон торчали только иголки. Лиса была ещё молодая и неосторожно ткнулась в ежа своим чувствительным носом, чтобы того перевернуть. Ах! Нос лисицы наткнулся на иголку. Тогда попыталась лиса подойти с другой стороны, но и здесь кололи её иголки. В растерянности молодая лисица ждала ещё некоторое время, однако ёж оставался свёрнутым и не шевелился. Наконец оставила лиса охоту на ежа, полакала из ручья воду и побежала рысью своим путём дальше.

»Лиса удалилась.«, пропищала Матти ежу. Ёж облегчённо расправился и встал на лапы. »Как хорошо, что эта лиса ещё не так опытна!« – подумал он. »Если бы она была хитрее, то просто помочилась бы на меня. Тогда бы я не мог дышать и вынужден был высунуть голову. Тут бы лиса меня легко прикончила.«

Матти удивилась тому, как много уже ёж знал. Они сказали друг другу »До свидания!«, и Матти побежала быстро домой, чтобы рассказать родителям и сёстрам во время обеда эту захватывающую историю.

Бенни и змея

Однажды утром прогуливалась Бенни в поле. Солнце светило, и Бенни радовалась множеству прекрасно растущих колосьев. Она подошла к небольшому пруду. На южном конце пруд был очень узок. Тонкий сук лежал поперек него. Бенни перебралась по этому суку на другой берег пруда. Там росло небольшое деревце.

Вдруг из-за дерева мелькнула зелёная змея. Она хотела поймать и проглотить Бенни. Только лишь быстрым прыжком в сторону и благодаря везению Бенни удалось в этот миг спастись.

Бенни бежала вокруг дерева, однако, змея ползла за ней по пятам. Она ориентировалась по следу Бенни. Бенни напряжённо думала, что делать, чтобы змея оставила погоню? Тут её мысли были снова прерваны змеёй. Змея всё приближалась. Бенни должна была ещё некоторое время бежать. Но тут ей пришла в голову хорошая идея: ей надо только перебраться через сук на другую сторону пруда и потом оттащить сук в сторону. Тогда змея больше не сможет за ней гнаться, так как эта змея не умела плавать.

Но как могла бы Бенни отвлечь змею, чтобы побежать назад к суку? Бенни "схватилась за соломинку". Она сделала более широкий круг. Змея преследовала её. Когда же она пробежала немногим больше полкруга, змея уже не находилась на пути между Бенни и суком через пруд.

Бенни побежала так быстро, как только могла, к пруду и через сук на другой берег. Потом схватила зубами сук и потянула к себе – сук упал в воду.

Змея не успела за ней. Она вынуждена была остаться на другой стороне пруда.

Бенни вздохнула облегчённо и побежала домой. Мама-мышь и сёстры уже ждали её к обеду. К столу были поданы овсяные зёрна и немного сиропа к ним. Бенни рассказала о пережитом ею на прогулке. Мама-мышь на это сказала: »Берегитесь змей! Бенни поступила правильно. Змея не могла её больше преследовать. Если же вы сделаете ошибку и побежите непосредственно назад к мышиной норке, тогда змея может поползти по вашему следу, забраться в нашу норку и тут нас всех поймать!«

Матти и навозный жук

Матти шныряла повсюду в лесу. Её сёстры остались дома, а Матти хотелось играть в лесу. К сожалению, не было видно и её друзей. Она носилась туда и сюда вокруг деревьев, однако не видела ни одной знакомой мордочки.

Там впереди! Там что-то шевелилось. Матти медленно подкралась. Кучка мелких веточек и листьев шевелилась, как по волшебству. Матти засмеялась. Тут кучка листьев дрогнула и замерла. Матти стала ждать. Из-под кучки листьев показалась вначале одна лапка жука, потом другая, третья, потом показалось тельце и голова навозного жука. »С добрым утром, навозный жучок!«, – радосто воскликнула Матти.

Навозный жук страшно испугался. Он подпрыгнул и в страхе побежал наутёк как дикий дервиш. »Стой, стой, я же не сделаю тебе ничего плохого!« – кричала Матти. »Останься здесь, мы подружимся.« Но навозному жуку было так страшно, что он бежал дальше без оглядки.

Матти хотела его успокоить и пошла за ним. Так как она была намного больше жука, то было это совсем не трудно. Сделав несколько шагов, она находилась снова подле него. Что бы Матти ему не говорила и не объясняла, жук продолжал в отчаянии убегать. Если Матти приближалась к нему слева, он прыгал панически направо, если же она подходила справа, он прыгал испуганно налево и так далее.

Тут они приблизились к узкой, но глубокой яме. »Остерегайся, жучок, чтобы ты в эту яму не свалился!«, – предупредила Матти жука. Было, однако, уже поздно. Жук заметил яму лишь только тогда, когда уже половина его туловища повисла через край. Он хотел затормозить и прыгнуть назад, но его несло ещё вперед. Он соскользнул через край, и даже Матти не могла его схватить и удержать.

Матти посмотрела осторожно через край ямы вниз. Однако видно было только тёмное отверстие. Жука или дно ямы она не могла видеть. Матти прислушалась, но жука не было слышно.

»Слушай, жучок, всё в порядке?« – крикнула Матти в яму и снова внимательно прислушалась. Некоторое время оставалось всё тихо. Потом услышала она пыхтение навозного жука: »Ох – ох, однако я глубоко провалился. Да, всё в порядке.«

»Как же глубока яма?«

»Я могу ещё тебя видеть. Расстояние до тебя в длину одной кошки. Но я не могу отсюда выкарабкаться.«

Матти стала думать. Если жук не может сам выползти, надо ему помочь. Но яма была узкой. Если она бросит туда длинную ветку, то может тяжело поранить жука. Кроме того, наклон ветки был бы, без сомнения, слишком отвесным. Вряд ли сможет он ползти по ней вверх.

Что же можно было предпринять? Если набросать в яму побольше маленьких веточек, то жук мог бы по растущей кучке всё выше ползти и, в конце концов, выползти из ямы. Но если веточки будут падать на него, а при их большом количестве некоторые из них попадут непременно в него – жука также можно поранить.

Было бы не проблематично бросить ему одну-единственную веточку, ведь навозный жук мог бы при падении ветки прислониться к стенке. Однако, помогло бы это? Матти размышляла снова и снова. Тогда ей пришла в голову интересная мысль. Она спросила жука: »Есть в яме щели или дыры, через которые могла бы стечь вода?«

Навозный жук прощупал стенки ямы и простонал: »Ох, беда! В яме нет щелей и дыр. Если пойдёт дождь, я непременно утону!«

Матти успокоила жука и объяснила ему, что она придумала. Она бросила в яму щепку с одной стороны в то время как жук прижался к другой стороне ямы. Потом она побежала к ручью и зачерпнула старым ведёрком воду. Вернувшись к жуку, она медленно вылила воду из ведра в яму. Жук намок и фыркал, но крепко держался за щепку, когда яма наполнялась водой.

Матти должна была несколько раз бегать к ручью и назад. В конце концов яма была полна, и навозный жук плыл на поверхности, держась за щепку. Он подгрёб к краю ямы и выполз на сушу.

»Огромное спасибо!« – радовался он. Матти обрела ещё одного маленького друга.

Бенни и клещ

Весной по утрам ярко светило солнце и приглашало к весёлому поиску сокровищ в кустах. Четыре маленькие мышки выбрались из мышиной норки и побежали к кустам на опушке леса. Матти объяснила другим, что означает поиск сокровищ в зарослях.

»Каждый из нас должен теперь искать сокровище. Кто найдёт лучшее сокровище, тот выиграет.« – сказала Матти.

»Что это такое – сокровище?« – спросила Никки.

»Всё необычное, что вы в лесу или в поле найдёте, может быть сокровищем. Главное, чтобы для вас это было интересным и ценным. Если, например, вы увидите пуговицу, это может стать вашим сокровищем. Также осколок зеркала или монета, которую потерял человек, считаются сокровищем.« – ответила Матти.

И начался поиск. Все четыре мышки носились между кустами и приглядывались, не лежит ли где на земле или не висит ли на кустах что-нибудь интересное.

Никки обнаружила под одним камнем старую серебристую пряжку от ремня, которая была, очевидно, сломана и поэтому выброшена человеком. Она издала радостный крик и потащила пряжку в мышиную норку.

Ленни увидела у края леса что-то блестящее. Она быстро побежала туда и оглядела внимательнее блестящую вещь. Это была маленькая монетка. Она схватила зубами монетку и тоже засеменила к мышиной норке.

Бенни искала и искала, но долго не находила ничего прекрасного. Она заползала всё глубже в заросли. Матти тем временем обнаружила осколок голубого стекла, который великолепно сверкал на солнце, почти как драгоценный камень аметист. Матти взяла осторожно, чтобы не порезаться, осколок в пасть и понесла его к норке.

Бенни всё ещё искала. Она рыскала повсюду в кустах и натыкалась тут и там на ветки и сучья. Маленькое насекомое, которое уже несколько дней назад вскарабкалось по ветке и теперь ждало, сидя на освещённом солнцем листе, почувствовало движение ветки и мышиный запах Бенни и упало на неё. Оно приземлилось на Бенни, но так как маленькое насекомое было очень лёгким, она этого не заметила. Тут сверкнул в зарослях золотистый свет! Бенни прыгнула в ту сторону. Показался золотой набалдашник. Бенни ликовала. Она потащила золотой набалдашник к мышиной норке.

Около мышиной норки сёстры-мышки встретились и провели экспертизу своих сокровищ. Вы не забыли ещё, что они нашли?

Матти: осколок голубого стекла

Бенни: золотой набалдашник

Ленни: маленькую денежку

Никки: серебряную пряжку

Мышки находили все сокровища прекрасными, но золотой набалдашник Бенни восхищал их больше всего. После того, как они насмотрелись и надивились, мышки уложили сокровища в уголке мышиной норки.

На следующий день Бенни вдруг почувствовала лёгкое почёсывание внизу между лапками. Она осмотрела себя и обнаружила маленькую шишку. Когда она рассказала об этом маме-мыши, та внимательно осмотрела шишку. Это был маленький клещ. Мышь-мама подцепила клеща осторожно зубами, прикусила ещё немного глубже, так что ущепнула Бенни, и выдернула клеща быстрым рывком. На расстоянии нескольких метров она выплюнула клеща.

Потом она объяснила Бенни: »Клещей привлекает солнечный свет и они вскарабкиваются на кусты или молодые деревья до кончиков веток и листьев. Там выжидают они зверей с тёплой кровью, которых называют также теплокровными. Если такой зверь проходит под кустом или деревцем, клещи падают на него и крепко цепляются своими клещами. Они распознают зверей по запаху. После этого переползают клещи обычно по телу животного к их самым тёплым местам и впиваются. В конце концов клещи высасывают кровь и надуваются почти до величины сантиметрового шарика.

Чтобы кровь зверя не свёртывалась, клещи впрыскивают в рану особую жидкость. Отсюда и почёсывание. Если необходимо освободиться от клеща, нужно осторожно полностью его зацепить и вырвать. Если тянуть только туловище, оно обычно отрывается и голова клеща, где находятся клещи, остаётся в ране, которая потом часто воспаляется. Детям лучше не пытаться делать это самим, поступайте точно так, как сделала Бенни, и расскажите родителям.

Нападение клеща невозможно предотвратить, но риск можно уменьшить, если не бродить под всеми молодыми кустами и деревцами.«

Бенни смеялась и радовалась, что она избавилась от клеща.

Ленни и солнечные часы

Летом пошла Ленни в звериный детский сад. Её определили в группу грызунов. В этой группе кроме Ленни находились ещё белочка, хомяк, крысёнок, зайчонок и кролик.

Сегодня они играли сначала в прятки. Зайчонок должен был искать других зверюшек-детей. После того, как он с закрытыми глазами досчитал до десяти, он огляделся. Никого из зверюшек-детей уже не было видно.

Зайчонок попрыгал вокруг одного дерева. Солнце светило уже ярко. На земле была видна тень ветки. В середине тень была неестественно широкой. Зайчонок посмотрел наверх. На ветке он увидел кончик хвоста белочки. »Белочка, я тебя обнаружил на дереве!« – закричал зайчонок радостно. Белочка спрыгнула вниз.

После этого пропрыгал зайчонок по краю поляны. В траве он увидел маленькое коричневое пятно. Как только зайчонок внимательнее присмотрелся, он заметил белый короткий кончик хвоста кролика. »Тебя я тоже вижу, кролик«, – засмеялся зайчонок. Кролик выпрыгнул.

На поле вынюхал зайчонок хомяка в маленькой норке. »Это ты, хомяк!« Хомяк пофыркал и вышел. Бобра нашёл зайчонок у ручья под веткой. Его плоский хвост был слишком широк.

Теперь не было только крысёнка и Ленни. Зайчонок огляделся. Тут зашуршали тихо листья. Небольшая кучка зашевелилась. Под ней сидел маленький крысёнок. Ленни выиграла, но где она?

Зайчонок продолжал искать, однако не мог найти Ленни. »Ленни, ты выиграла, выходи, тогда мы сможем продолжить игру.« С одного дерева раздался писк. Из дупла дятла на дереве выглянула довольная Ленни и потом выпрыгнула. Она спряталась там, куда мыши обычно не заползают.

Потом начался первый урок в детском саду. Хомяк-дедушка приглядывал за малышами. »Сегодня я расскажу вам о солнце и о часах.« – сказал он. »Солнце светит с утра до вечера. Если нет тумана и густых облаков, то каждый может видеть свою тень на земле. Как вы думаете, когда она короче всего?«

»В полдень!« – закричали зверюшки-дети. »Правильно,« – подтвердил хомяк-дедушка – »когда солнце стоит в зените! А утром и вечером тени длиннее. Однако вы уже заметили, что тень перед полуднем находится с другой стороны, чем после полудня? По утрам, как вы знаете, солнце встаёт на востоке. Итак, тени всех предметов лежат в направлении запада. В полдень солнце находится выше всего, и тени короче. После обеда солнце склоняется всё ниже к западу. Поэтому тени переходят на другую сторону, т. е. к востоку. Они всё удлиняются, пока солнце в конце концов не закатится.

Итак, вы видите, что по утрам тень длинная и лежит в направлении запада, потом становится короче и передвигается в восточном направлении.

Мы можем, следовательно, воткнуть трость в землю и в течение дня при солнечном свете ровно каждый час делать пометку, где находится тень. Тогда мы имеем солнечные часы и в ясные дни знаем всегда, который теперь час.«

После возвращения из детского сада направилась Ленни тотчас на поиски крепкого колышка. Как только она его нашла, воткнула в землю перед мышиной норкой. После обеда прочертила она место, где заканчивалась тень от колышка когда солнце заходило.

На следующий день встала она рано с солнцем и отметила также место, где была тень колышка при восходе солнца. В обед знала она место, где тень была всего короче. Теперь ещё сделать промежуточные деления, и солнечные часы были готовы.

Гордо показала Ленни родителям и сёстрам новое открытие. Теперь они все могли точно собираться к обеду и к ужину!

Никки и ящерица

Однажды играли четыре маленькие мышки весело до полудня вместе, а после обеда побежала Никки одна в лес.

Солнце светило ярко. Листья деревьев подрагивали, и проникающие между ними солнечные лучи сверкали множеством маленьких звёзд. Никки попискивала бодро и скакала по лесной дороге в направлении ручья.

Наконец, она достигла его. Вода журчала, она была прозрачной и чистой. От долгого бега Никки мучила жажда. Она приблизилась к берегу и полакала немного воду. Никки посмотрела вниз по течению ручья и заметила маленькую коричневую ящерицу, которая сидела на камне около воды и грелась на солнце. У Никки разгорелся аппетит. Ящерица была бы ей очень по вкусу! Никки отбежала назад в лес, а оттуда стремительно вниз по ручью. Она предусмотрительно бежала не так близко к берегу, чтобы ящерица не могла её услышать или увидеть.

Когда Никки находилась уже недалеко от камня с ящерицей, она побежала медленнее, а затем осторожно подкралась. Ящерица всё ещё сидела тут! У Никки перехватило дыхание. Она сделала резкий прыжок к камню, вцепилась зубами в хвост ящерицы, чтобы та не смогла убежать. Однако Никки была, слишком поспешной. Согретая солнцем ящерица могла ещё быстрее бегать. Она мигом рванулась в сторону, поэтому Никки удалось схватить лишь конец хвоста.

Тут случилось что-то невероятное: ящерица просто убежала! Никки растерянно моргала глазами: ведь она всё ещё крепко держала во рту кончик хвоста. Однако ящерица предпочла просто оставить конец хвоста. Это спасло ей жизнь.

Никки сожрала конец хвоста. Её живот всё ещё урчал. Она побежала домой и съела жадно свой ужин. Итак, это был поучительный день. Действительно, есть ящерицы, которые при опасности отдают кончик хвоста!

Матти и муравьиная королева

Матти заканчивала мышиную школу. Мышь-папа сказал ей после завтрака: »Сегодня, в твой последний школьный день, пойдёшь к муравейнику около медвежьей берлоги. Муравьиная королева задаст тебе заключительную контрольную работу.«

В лесу свежо пахло ясменником душистым. Матти бодро шагала к медвежьей берлоге. Медведь ещё не проснулся. Пройдя немного дальше, встретила она первого сторожевого муравья.

»Доброе утро, сторожевой муравей № 287.« – воскликнула довольная Матти. Сторожевых муравьёв было так много, что у них уже не было больше имени – только номер. »Доброе утро, Матти.« – ответил сторожевой муравей № 287. »Большого успеха тебе в твоём заключительном испытании у нашей королевы!«

»Большое спасибо.« Матти весело продолжала путь и скоро пришла к муравейнику. Другой муравей-сторож проводил её в строение и в покои королевы. Матти не пришлось долго ждать. Муравьиная королева поприветствовала её и сказала:

»Сегодня я расскажу тебе про наш муравейник, а ты должна ответить на несколько вопросов по сказанному.

Наш муравейник даёт приют бесконечному множеству муравьёв. Это, однако, счетное множество; т. е., каждый муравей имеет номер, являющийся натуральным числом. В этом муравейнике имеется также счетное множество камер. Каждая камера имеет свой номер, являющийся натуральным числом. И каждый муравей живёт в камере с тем же номером, что и его личный. Это значит: муравей № 1 живёт в камере № 1, муравей № 2 – в камере № 2 и так далее.

Таким образом, каждая камера в муравейнике заселена, свободных камер нет. Ты можешь представить себе, что возникает небольшая проблема, если в нашем государстве появится новый муравей. Новую камеру построить нельзя, так как нет больше места, а камеры такие маленькие, что их уже нельзя разделить. Каждый муравей имеет право на свою собственную камеру, но ты можешь им разрешить переселиться.

Как ты думаешь, что мы делаем, чтобы можно было принять нового муравья?«

Матти немного подумала. Потом ответила: »Если новый муравей поселится в Вашем государстве, каждый населяющий муравейник муравей может перейти дальше на одну камеру. В результате первая камера освободится, и новый муравей может в этой камере поселиться. Чтобы у каждого муравья был соответствующий номер камеры, его личный номер должен увеличится на 1. Новый муравей получает номер 1.«

»Хорошо!« – сказала муравьиная королева и продолжила: »Тебе, конечно, понятно, что мы делаем, если двадцать новых муравьёв прибавится. Мы передвигаемся на двадцать камер дальше и новые муравьи получают каждый свою собственную камеру. Можешь ты себе, однако, представить, что мы во время нашего ежегодного муравьиного праздника имеем намного большую проблему. Каждый муравей в нашей куче принимает одного посетителя и каждый гость также должен иметь свою камеру? Что бы ты стала делать?«

И этот вопрос Матти не долго обдумывала. Она ответила после короткого размышления: »Если каждый муравей имеет одного гостя, которому нужна собственная камера, то каждый муравей должен переселиться в камеру с удвоенным номером. Итак: № 1 переходит в камеру № 2, № 2 – в камеру № 4, № 3 – в камеру № 6 и так далее. Муравей № 287 переселиться тогда в камеру № 574. После этого каждый гость может поселиться в свободную камеру с номером, меньшим на единицу, чем новый номер камеры. Итак: гость № 1 имеет камеру № 1*2-1 = 1, гость муравья № 2 – камеру № 2*2-1 = 3, и так далее. Итак: гость муравья № 287 мог бы поселиться в камере № 287*2-1 = 573.«

»Очень хорошо, Матти!« – сказала муравьиная королева. И тогда она поставила задачу, которую до сих пор ещё никто из учеников не смог решить: »Таким образом мы сможем принять новых поселенцев или гостей. До сих пор, однако, мы должны были на каждого нашего жителя представить новые камеры только конечному множеству муравьёв. Что же мы сделаем, если каждый наш муравей одновременно в отпуске познакомится с одним чужим муравьиным государством с последовательным бесконечным множеством муравьёв и пригласит этих муравьёв к нам?«

Это было трудным заданием! Матти долго обдумывала его. Имелось ли тут тоже решение?

Через некоторое время Матти осенило. Она ответила: »Если каждый местный муравей (М1, М2, М3, ...) может принять последовательное бесконечное множество муравьёв (ГМ1-1, ГМ1-2, ГМ1-3, ..., ГМ2-1, ГМ2-2, ГМ2-3, ..., ...), то камеры надо распределить следующим образом:

М1	М2	М3	М4	...
ГМ1-1	ГМ2-1	ГМ3-1	ГМ4-1	...
ГМ1-2	ГМ2-2	ГМ3-2	ГМ4-2	...
ГМ1-3	ГМ2-3	ГМ3-3	ГМ4-3	...
...	...	...	...	...

1	2	3	4	5	6	...
М1	ГМ1-1	М2	ГМ1-2	ГМ2-1	М3	...

...	7	8	9	10	...
...	ГМ1-3	ГМ2-2	ГМ3-1	М4	...

Итак: местные муравьи Мn получат новые камеры по формуле $\dfrac{n*(n+1)}{2}$. А новые жильцы

ГМ*n-m* получат камеры по формуле
$$\frac{(n+m)*(n+m+1)}{2} - m.\text{«}$$

»Фантастично!« – муравьиная королева была в восторге. Она вручила Матти аттестат зрелости. В нём стояла большая 5. Кроме того, муравьиная королева дала Матти награду, потому что Матти первой удалось решить труднейшую задачу.

Это был особый орден муравьиного государства. Когда с аттестатом в лапе и с орденом Матти подошла к дому – мышиной норке, мышь-мама и мышь-папа очень обрадовались. Все мыши вместе праздновали торжество.